고양이를 응원해

고양이를 응원해

곽은영 지음　최청운 그림

폭스코너

차례

1부

2부

3부

4부

1부

안녕, 나는 바람이야

안녕, 나는 바람이야. 태양이 뜨거운 먼 바다에서 왔어.

난 형제들이 아주 많아. 세상의 모든 바람이 다 내 형제들이야. 바다에서 출발했지만 우린 저마다 가고 싶은 곳이 달랐어. 세상 어디든 원하는 곳으로 가는 거지. 바람들만 이용하는 정거장에서 서로 인사하고 안부를 묻기도 한다고.

때때로 우리가 가야 할 곳이 생기기도 했어. 우리 형제 중 하나가 파란 도시를 떠날 예정인데, 아무도 그곳으로 향하지 않는다면 바람이 없는 파란 도시가 되고 말 거야. 그렇게 되기 전에 서둘러 출발하지. 보통 차례가 정해져 있지만, 우리 바람들은 꽤 제멋대로거든. 그래서 가끔 두 개의 바람이 같이 머물기도 하고, 흔하진 않지만 며칠간 바람이 없는 바다가 생기기도 해.

우리는 떠나기 싫더라도 새로운 곳으로 다시 발을 내딛어야 해. 왜 가야 하냐고? 바람이 없다면 무엇도 살 수가 없거든.

난 남쪽 끝으로 가는 길이야. 지금은 시끌시끌한 어떤 도시에 머물고 있어. 꽤 느긋하게 머물면서 특별한 고양이 가족을 지켜보고 있는 중이지. 그 친구들이 하는 이야기를 들어볼래?

아기 고양이 조이가 집을 부던 날

저 위 태양과 달의 집에서 물이 쏟아져 내리고 있어. 꽤 많이. 인간들이 비라고 부르는 물 말이야. 아빠는 사냥을 갔지. 난 아직 어려서 사냥을 잘 못하지만 열심히 배우는 중이야. 잽싸게 움직이며 균형을 잡을 줄 알아야 해. 나는 매일매일 균형을 잡는 연습을 하고 있어. 머지않아 아빠에게 훌륭한 걸음걸이를 보여줄 수 있을 거야. 그날 아빠는 기쁜 표정으로 내 콧등을 핥아줄 게 틀림없어. 하지만 오늘은 걸음 연습도 못 해. 큰물이 쏟아지고 있기 때문이야.

내가 태어나던 날도 저렇게 물이 내렸어. 눈도 잘 뜨지 못했지만 물의 세상에 태어났음을 알았다고. 그땐 매일 내린 물 때문에 온 세상이 축축했어. 내가 눈을 막 떴을 때도 습한 기운이 사방에 달라붙어 있었지.

나의 예쁜 털 가닥에도 아주 작은 알갱이처럼 붙어 있었어. 나는 움직일 힘두 거의 없을 만큼 약했는데, 그래도 그 습한 녀석을 내 몸에서 몰아내고 싶었어. 힘껏 혀를 내밀어 털을 닦으려고 해보았지. 물론 난 실패했어. 대신 엄마가 나를 싹싹 닦아주었고, 또 엄마는 추워하는 나를 꼭 품어주었어. 그

건 낯선 물이었지. 엄마 배 속은 몽롱하고 미지근한 물이었는데, 이 세상의 물은 차갑고 잠시 머무르다가 빠르게 어디론가 사라져버렸어. 물길을 만들면서 말이지.

난 인간이 살지 않는 집의 지붕에서 살아. 아빠가 나를 이곳으로 옮겨놨어. 내 형과 같이. 형은 나와는 아주 다르게 생겼어. 나는 온통 하얗고 노란 털만 가득한데, 형은 갈색 줄무늬 털을 가지고 있어. 빰까지 멋진 갈색 무늬가 그려져 있지. 쭉쭉 쏟아져 내리는 물줄기를 뚫고 아빠가 오는지 내다보고 있는 중이야. 물이 콸콸 흘러가고 있어. 저 물을 보면 당연히 엄마가 생각나. 엄마는 내가 태어난 지 얼마 되지 않아 먼 곳으로 떠났어. 엄마 젖을 먹고 싶었지만 엄마는 이미 딱딱하게 굳어 있었지. 그래서 아빠가 나를 이곳으로 데려왔어. 거친 물길을 지붕 아래에서 처음으로 보게 됐지. 아마 엄마는 저 물길을 따라갔을 거야.

여기서 내려다보면 물이 자꾸자꾸 불어나면서 땅의 죽은 껍질도 부풀어 오르는 게 보여. 그러더니 곧 물살에 떨어져나가 어디론가 가더라고. 그래서 물은 살아 있는 것과 죽어버린 것의 틈을 따라 흐른다는 걸 배웠어. 아주 나중에 인간들의 말을 엿들었는데, 그건 장마래. 이웃에 사는 할머니한테서 인간들의 말을 배웠지. 하지만 난 인간의 말을 하지 않아.

할머니는 내가 물의 고양이여서 몸이 약하다고 그랬어. 하긴 나는 다른 계절에 태어난 형들보다도 몸집이 훨씬 작긴 해. 다리도 많이 짧고. 허리를 펴고 똑바로 땅을 디디고 서도 내 이마는 형들의 앞가슴 주변에 닿을 뿐이야. 아빠도 형들도 모두 올려다봐야 하지. 지금 곤히 자고 있는 형도 나보다 조금 더 커.

그래서 나는 숨어 있기를 잘해. 가끔 독립한 형들이 찾아올 때가 아니면 나랑 형이랑 단둘이 있을 때가 많거든. 그럴 때면 가만가만 배관 통로로 놀러 가기도 해. 물론 지난번에는 저 물 때문에 아빠에게 혼나기도 했지만. 참, 우리 고양이들은 물이 내리는 날을 미리 알 수가 있어. 내 예쁜 털에 작디작은 습한 녀석이 들러붙거든. 그러고 나서 다시 달이 뜰 만큼 시간이 지나면 본격적으로 물이 쏟아지지.

그날은 아빠가 잠깐 외출을 했어. 난 아직 물이 내리려면 멀었다고 생각했어. 마침 형도 나랑 같은 생각을 한 거야. 우리는 걸음마 연습도 할 겸 배관 통로로 놀러 갔어. 배관 통로 위를 걸으면 한 발짝만 움직여도 통통 소리가 나는 게 내가 굉장히 힘세고 커다란 고양이인 것처럼 느껴지거든. 통탕

통탕 뛰는 데 정신이 팔렸지 뭐야. 웬걸, 콧등에 물이 툭 떨어지고 말았어. 집까지는 상당히 멀었지. 우리는 할 수 없이 배관 통로 밑으로 기어들어갔어. 물은 삽시간에 땅 위를 흐르기 시작했어. 금방 추워졌고 나는 오들오들 떨고 있을 수밖에 없었어. 조금이라도 물에 닿지 않으려고 웅크린 채로 말이야. 형도 당황해서 떨고 있었어. 우리는 서로에게 몸을 바싹 붙인 채 난생처음 물이 내리는 것을 집 밖에서 본 거지. 물은 보송보송한 털을 모두 젖게 만들 만큼 허공에서 촘촘하게 내렸어. 절대로 걸리면 안 될 그물 같았어. 고양이가 비 오는 날 집 밖에 나갈 수 없는 것은 그 그물 때문이야.

물이 내리길 멈추자 우리는 잽싸게 집으로 달렸어. 차가운 물이 닿자 발가락이 시렸지. 한 번도 넘어지지 않고 돌아왔는데, 아빠는 화가 많이 나 있었어. 난 꼬리를 말고 조용히 반성해야 하는 벌을 받았지. 아빠는 나중에 내가 너무 작아서 위험한 곳에 빠졌을까봐 걱정했다고 말했어. 아빠의 목소리에는 힘이 하나도 없었어. 아마 아빠가 밥을 먹지 못해서 그런 것 같았어. 물이 그물을 만들며 내리면 고양이들은 사냥을 할 수 없거든. 아직도 물이 멈추지 않고 내리고 있네. 저런 물이 매일 내린다면 고양이들에겐 허기진 날만 이어질 거야. 하지만 이런 시간들은 내겐 싫으면서도 익숙해.

바람과 노는 아기 고양이 포포

넌 처음 보는 바람인걸? 이번에 새로 온 바람이 너였구나? 그럼 저기 빨간 나뭇잎과 열매들도 네가 가지고 온 거니? 난 이 계절이 좋아. 햇볕은 촘촘한 빗처럼 내 털 구석구석까지 다듬어주거든. 내가 열심히 몸단장을 하고 마무리로 햇볕 빗질까지 마치면, 보라고, 온통 반짝반짝 빛나지? 그리고 통통한 벌레들도 많아. 물론 난 그 녀석들을 먹진 않아. 다만, 장난을 칠 뿐이지. 고양이들은 다 장난꾸러기거든. 하지만 내가 가장 좋아하는 건 나는 거야. 이 나무에서 저 나무까지 달리는 대신 부웅 날아가는 게 정말 좋아. 그래서 매일매일 나는 법을 연습하고 있어.

넌 간지럼을 많이 타는구나? 내가 살짝 간지럽혔을 뿐인데, 정말 깔깔 웃는구나.

의기양양한 아기 고양이들

쾌청한 날이면 우리는 종종 아빠를 따라가 사냥하는 법을 배웠어. 씰룩씰룩 준비운동을 마친 후 순식간에 덮치는 거지. 아빠는 새도 잘 잡았어. 아빠가 새를 잡는 것을 보면 나도 모르게 흥분이 돼서 깍깍깍 소리를 내게 돼. 아빠는 새나 쥐가 아닌 음식들을 잘 물고 왔어. 그리고 무슨 뜻인지 알 수는 없지만, 어쨌든 고양이는 타고난 사냥꾼이니까 사냥을 꼭 할 수 있어야 한다고 했어. 아빠가 그렇게 말하고 나면 나는 아빠가 보여준 대로 납작 엎드려 씰룩씰룩하다가 훌쩍 점프를 했어. 그러면 아빠는 내가 대견스러운지 이마를 핥아주었어.

그런데 동생은 갈수록 놀이나 사냥 대신 잠만 자려고 해. 나는 자고 있는 동생을 가만히 핥아서 깨운 후 앞발로 녀석을 때리며 놀려주지. 그러면 이 녀석도 씩씩거리며 드러누운 채 네 발로 공격을 하는 거야. 나는 손쉽게 피하면서 다시 앞발로 동생의 하얀 뺨이나 이마를 살짝 치고 도망가. 내가 너무 짓궂다고? 그래도 동생이 정말로 화가 나기 전에 한 번은 일부러 져준다고. 그러면 녀석은 만족스럽게 몸치장을 마치고 다시 잠을 자.

매일 밤 아빠는 달리기를 좋아하는 동생과 날기를 좋아하는 나를 꼼꼼히 살펴봐. 다친 곳은 없는지 키는 많이 자랐는지 확인하는 것 같아. 아빠는 우리가 빨리빨리 자라기를 바라는 게 틀림없어.

2부

차가운 바람이 따뜻한 안부

나는 바람이야. 엄청 차가운 동생 바람이 오기 전에 항상 먼저 도착하지. 이곳에 나보다 먼저 왔다가 다른 곳으로 갔던 바람은 비를 품고 다녀. 고양이들은 대체로 그 녀석을 좋아하지 않아. 하지만 저 어린 고양이 형제는 비를 품은 녀석과도 친해졌을 것만 같아. 그 바람은 여기 꽤 오래 머물렀을 뿐만 아니라 지금도 불쑥 찾아오거든. 나는 물기라고는 전혀 없어. 오히려 사방을 바짝바짝 마르게 하지. 그래서 인간들은 나를 만나면 흠칫 놀란 듯이 게으름을 거두고 바쁘게 움직이게 돼. 내가 사방을 구석구석 살피고 다니는 동안 햇볕은 나무들을 추슬러 그들의 소망을 과일 속에 잘 졸인 잼처럼 스며들게 하지.

어린 고양이들은 그새 혼자서도 이곳저곳을 기웃거리게 될 만큼 훌쩍 자랐어. 고양이들은 정말 빨리 자라. 물론 내가 다시 이곳에 올 때쯤 되어야 다 자란 고양이가 될 테지만. 그런데 저 씩씩하면서도 장난기 많은 살금살금 발걸음을 보면 나도 같이 풀밭에서 뒹굴고 싶어져. 그러면 어린 고양이는 내 품에서 가르랑거리거나 잠자리를 쫓아 꼬리를 높이 들며 하늘로 뛰어오를 텐데.

아빠 고양이 시몬의 인간 친구

아빠 고양이 시몬은 때때로 간식이 생각나면 나를 불러냈어. 비행기 이륙을 연상시키는 목청이었지. 너무나 우렁찬 목소리였기 때문에 나는 사람들의 원성이 두려워 후다닥 내려가 밥을 먹이곤 했어. 시몬은 나와 산책하는 걸 좋아했는데, 밥을 다 먹고 나면 내게 자신의 영역을 구석구석 소개해주었어. 여길 봐. 여기도 내 땅이야. 혹시 내가 두리번거리다가 뒤처지면 시몬은 내가 따라올 때까지 차분히 기다려주었지. 그리고 꼼꼼하게 전봇대와 자동차와 튀어나온 모서리마다 자신의 영역을 표시했어. 시몬이 지나갈 때 얼씬거리는 고양이는 하나도 없었어. 시몬, 이제 네가 왕이 되었구나. 시몬은 늠름했어. 이마는 빛났으며 눈은 초록색으로 일렁였지. 다리는 곧고 튼튼했고 근육이 잘 잡혀 있었어. 얼굴에는 아물어가는 상처가 몇 개 있었고.

나는 시몬과 산책하는 시간이 좋았어. 골목에서 줄넘기나 배드민턴을 치는 사람들이 우리를 보고 말하곤 했어. 고양이가 따라가네. 하지만 사실은 시몬이 나를 자신의 집에 초대한 거였어.

시몬을 처음 만난 건 늦은 봄이었지. 늘 여유롭게 일광욕을 하던 시몬이었는데, 그날 밤 행색은 말이 아니었어. 전봇대 아래 쓰레기 더미를 뒤지다가 꼬리를 다리 사이에 끼우다시피 하고 돌아가는 시몬의 모습을 보았을 때 쿵, 하고 얻어맞은 것 같았어. 아무 소리도 나지 않는 행동이었지만 어떤 말보다도 강력했지. 그동안 골목 한 블록 두께만 했던 고양이와 나 사이의 벽이 그렇게 허물어졌어.

나는 가장 가까운 편의점으로 달려가 고양이용 생선 캔을 집었지. 그리고 시몬 앞에 내려놓았는데, 시몬은 멀리 가지 않고 거기 있었어. 나는 시몬이 냄새를 맡고 밥을 먹도록 생선 캔을 따서 놓아둔 채 집으로 돌아갔지. 한 시간쯤 지나 나가보니 쓰레기들 사이에 싹싹 비워진 캔 하나가 남아 있더군.

다음 날부터 나는 가방에 시몬의 밥을 담아 동네를 돌았지. 처음 만났던 장소를 출발점으로 고양이 길을 찾기 시작했어. 다행스럽게도 비슷한 시간, 비슷한 곳에서 만날 수 있었어. 시몬은 나를 발견하면 꼬리를 세우고 투명한 느낌이 들 정도의 냥, 한 마디를 내며 다가왔어. 비가 오지 않는 이상 하루에 한 번은 만났지.

고양이 통신은 빨랐어. 일주일이 지나지 않아 근처 고양이들이 내가 다니는 외길목을 지키기 시작했지. 그 고양이들은 내게 간식이나 밥을 얻어먹기도 했지만, 주로 인근의 식당들에서 먹을 것을 얻었어.

나는 그때 동네 사람들의 눈치를 꽤 보았어. 고양이를 싫어하는 집과 별 생각 없는 집, 우호적인 집들이 쌀과 새우가 들어간 참치 통조림처럼 뒤섞여 있었기 때문이야. 무엇을 좋아하는지 먹여보기 전에는 절대 모르는 고양이 입맛처럼 어떤 성향의 사람인지는 내가 직접 귀를 세우고 눈여겨 정보를 수집해야 알 수 있었어. 나는 사람들의 눈이 잘 닿지 않는 곳에 살짝 시몬을 위한 밥을 놓았어. 몇 주는 별 탈 없이 지나갔지. 고양이에게 욕을 하고 돌을 던지는 이들도 없었고 새로 고양이 밥집을 낸 이도 없었어. 나도 아무 일 없었던 듯 고양이가 흘린 밥 흔적을 지우고 다녔지.

인간, 아기 고양이들을 만나다

평온한 가을이 지나가고 있었어. 그런데 그날, 시몬은 나를 불렀어. 늘 그랬던 것처럼 오후 네 시 무렵이었지. 나는 뭔가 달라진 점을 얼른 알아채지 못했어. 일층 필로티에는 전날과 같은 차가 놓여 있었고, 시몬은 바닥 한가운데 꼿꼿하게 앉아 있었지. 희한하게도 시몬은 내가 곁에 앉았는데도 누군가를 불렀어. 처음 들어보는 목소리였어. 그때 시몬이 뭔가 하고 싶은 말이 있다는 것을 눈치챘지.

그리고 눈길을 돌린 순간 그게 무슨 뜻인지 알았어. 작고 작은, 아주 작은 아기 고양이 둘이 차 밑에서 조심스레 기어 나왔거든. 아기 고양이들은 나를 보고 화들짝 놀라더니 다시 차 밑으로 기어들어갔어. 너희만 놀란 게 아냐. 난 더 놀랐다고. 나는 그렇게 중얼거렸지.

이 상황에서 태연한 것은 시몬뿐이었어. 나는 아기 고양이들이 무슨 빛깔이었는지 제대로 보지 못했어. 차 밑을 들여다보았으나 잔뜩 웅크린 아기들의 흐린 실루엣만 보일 따름이었지. 너무나 작은 형체에 나는 두려움 반 설렘 반으로 가슴이 뛰었어.

고양이 일기를 쓰는 인간

"시몬은 내게 아기 둘을 데려왔다." 그렇게 일기의 첫 줄을 썼어.

태어난 지 이 개월쯤 지났을까, 처음 만났을 때 아기들은 아장아장 걸어 다녔다. 꼬마 둘은 항상 함께였는데, 한배에서 태어난 아기들이지만 둘은 입맛이 달랐다. 갈색 줄무늬 아이와 시몬을 꼭 닮은 아이. 어쩐지 갈색 줄무늬 아이가 형처럼 여겨졌다. 더 날래고 호기심도 많고 움직임도 역동적이었다. 먹성도 좋았다. 새벽녘 사설 주차장에 밥을 가지고 가면 어디선가 꼬마 둘이 나타났다. 그 새벽에 나는 고양이의 놀라운 점프를 목격했다. 부웅. 가볍게, 고양이는 허공을 가르며 날았다. 갈색 줄무늬 아이였다. 먼저 총총 앞장서 뛰어오는 것은 갈색 줄무늬 아이였으며, 나와 친해질 결심을 하고 먼저 다가온 것도 갈색 줄무늬 아이였다. 친해지자마자 놀자며 손과 다리, 등허리를 몽땅 발톱으로 긁어놓은 아이기도 했다. 겁도 많은 철부지였지만 고양이의 낙천적인 기질이 빛나는 아이였다. 그래서 나는 이 아이를 포포라고 부르기로 했다.

정확히 말하자면 내가 고양이 일기를 쓰게 된 것은 갈색 줄무늬 아이에게 포포라고 이름을 붙이게 된 뒤였어. 그리고 아빠 고양이 시몬을 똑 빼닮은 아기에게는 조이라고 이름을 붙였어.

포포가 내게 다가온 날, 조이는 여전히 저만큼에서 나를 경계하고 있었지. 포포는 부숭부숭한 아기 모습으로, 쪼그리고 있는 나와 당당하게 마주 앉았어. 그리고 자신의 목소리를 기억하라고 냥 냥, 간격을 끊어가며 내게 고양이 암호를 보냈던 거야. 나는 포포, 포포라는 소리로 응답했지. 우리는 이렇게 결속되었어.

어느덧 나의 하루 중 시몬, 포포, 조이의 식단을 짜고 날씨를 체크하고 아기들의 똥을 치우는 일이 가장 중요해져 있었어. 꼬마들은 밥을 먹고 곧바로 어딘가로 사라졌지. 내가 밤중에 사설 주차장 화단 한 귀퉁이에서 자기들의 오줌 냄새를 풀썩이며 모래를 뒤적거리고 있으면 어디선가 냥 냥 하고 달려왔어. 어디선가, 어딘가로. 나는 도대체 이 아이들이 어디에 있는지 궁금했어.

매일 시몬과 산책하다 보니 시몬은 이미 새끼들을 여럿 두고 있었고, 잔병치레도 하지 않는다는 걸 알았지. 하지만 포포와 조이는 아직 어리고 약했어. 그런 고양이들이 살기에는 우리 집 근처는 마땅치가 않았지. 어디에도 고양이들이 안전하고 편안하게 살 만한 장소가 없었거든. 그럼에도 포포와 조이는 무럭무럭 자랐어.

금기를 깨다

인간계와 고양이계 사이에 금기가 있다면 절대 개입하지 않는 것이라고 했어. 그래, 그런 말이 있었지. 하지만 나는 두려움도 없이 금기를 깼어. 그것이 무엇을 뜻하는지도 몰랐지. 고양이계에 감히 인간이 발을 집어넣은 거야. 그날 나는 빗자루로 붕붕붕 크게 허공을 휘저었어. 일층 필로티에서. 무려 팔 킬로그램은 족히 나갈 것만 같은 커다란 고양이가 긴장하며 뒷걸음질을 쳤지. 미안해. 난 미련한 인간이어서 이럴 수밖에 없어. 그렇게 중얼거리면서 말이야.

크고 힘센 고양이가 더 좋은 영역을 차지하는 것이 고양이계의 법칙이라는 것 정도는 나도 알고 있었어. 하지만 나와 꼬마들을 뒤에 남겨두고 뚜벅뚜벅 걸어가던 시몬의 뒷모습을 잊을 수 없었거든. 그 순간 나는 시몬과 약속을 하고 만 거야. 흘깃 뒤를 보니 내 뒤에 꼬마 둘이 붙어서 아직 불안한지 사방을 살피고 있었어. 커다란 고양이는 금방 사라졌지. 내가 빗자루를 내려놓자 꼬마 둘이 목소리를 높여 앙앙거렸어. 괜찮아. 이제 여기는 너희들의 집이야. 나는 꼬마들을 쓰다듬었어.

시몬은 훌륭한 아빠였어. 동네를 순찰하고 마지막에는 꼭 아기들이 지내는 곳을 찾아왔지. 아기들은 넓은 사설 주차장에서 숨어 지냈어. 새벽 세 시면 아기들은 힘차게 달려 나와 아빠를 반기며 마음껏 뛰어놀았지. 그리고 나는 온 가족 밥보따리를 풀어놓았고. 하지만 아기들이 있으면 아빠는 밥을 먹지 않고 조용히 자리를 떠났어. 그때마다 나는 갈등했어. 아기들을 더 지켜보아야 할지, 시몬을 따라가 밥그릇을 내려놓아야 할지. 나는 시몬을 따라갔어.

포포와 조이가 조금 더 자라자 녀석들은 대낮에도 조금씩 움직이기 시작했어. 그러자 오후 네 시면 시몬이 어김없이 나를 찾아와 함께 아기들을 보러 갔지. 아기들은 아빠가 오면 꼬리를 세우고 코를 킁킁거릴 준비를 하고 마구 달려왔어. 사설 주차장에 인간이 있건 없건 신경 쓰지 않고 말이야. 하지만 사설 주차장의 관리인은 고양이를 몹시 싫어하는 사람이었어. 주차장에 배변을 한다는 이유 때문이었지.

나는 슬쩍슬쩍 눈치를 보면서 조촐한 피크닉을 즐길 화단 구석진 곳으로 이 고양이 가족을 안내했어. 식사가 끝나면 아기들은 장난을 쳤는데 너무 버릇없이 굴면 아빠의 따끔한 훈계가 이어졌어. 아기들은 해서는 안 되는 일을 즉시 배웠지.

그렇지만 짧은 만남이었어. 아빠는 곧 일어섰고 가지 말라고 아기들이 앙앙 울어도 잠시 뒤돌아 새끼들과 나를 쳐다볼 뿐 이내 자신의 잠자리로 떠났지. 걸음걸이는 여유로우면서도 당당했어.

나는 시몬을 존경하게 되었어.

3부

범백에 걸린 아기 고양이 조이

십일월이 되자 밤낮의 기온 차이가 눈에 띄게 커졌지. 나는 종이상자 바닥에 핫팩을 깔았어. 꼬마들은 따뜻한 핫팩을 좋아했고, 시몬도 이따금 와서 몸을 녹이고 가곤 했어. 포포는 여기저기 잘 돌아다녔지만, 조이는 주로 잠을 자는 게 일상이었어. 조이는 새침하고 느긋했으며 제 아빠를 닮아 황금빛 털이 반짝였지.

포포와 조이는 식사법도 매우 달랐는데, 조이는 예절을 갖추고 먹었지만 폭식을 했고, 포포는 폴짝거리다가 그릇을 엎기 일쑤였어. 그럴 때 포포는 조이가 먹는 법을 보고 다시 얌전하게 밥을 먹곤 했어.

그런데 그날 아침 조이가 식사를 거부했어. 재가 왜 안 먹지. 나는 설핏 섬뜩한 불안이 이마를 짚고 가는 것을 느꼈지만, 옷에 붙은 고양이털을 털어내듯 훅 떨쳐버렸지. 저녁이 되면 먹을 거야.

하지만 어스름이 짙게 깔렸는데도 조이가 집에 없는 거야. 일층 필로티에도, 빈집 담 위에도 보이지 않았어. 이상해. 뭐지. 아마 고양이 가족과 함께 지내며 느낀 세 번째 충격일 거야. 나는 손전등을 들고 사설 주차장을 뒤졌어. 그래도 안 보이더군. 이런 것이 공포인 걸까. 나는 정체 모를 실체와 대면하고 있었던 거지.

자정이 다가올 무렵, 시설 주차장으로 똥을 치우러 갔다가 드디어 조이를 발견했어. 조이는 트럭 밑에 자신이 싸놓은 똥 위에 주저앉아 있었어. 조이는 나를 보더니 힘없이 냥 하고 말았어. 아가. 나는 조이를 들어 올렸어. 잘 움직이지 못할 정도로 기력이 없는데도 필사적으로 빠져나가더라고. 조이는 바닥에 툭 떨어지더니 한 걸음도 움직이지 못하고 그대로 웅크리고 말았어. 나는 조이를 안아 올린 뒤 더 이상 움직이지 못하게 꼭 끌어안고 가장 가까운 동물병원으로 갔어.

야간당직을 보던 수의사는 고양이 범백혈구 감소증*이라고 하더군.

*고양이 파보바이러스에 의해 발병하는 바이러스성 장염.

나는 당장 조이를 입원시켰어. 병원에서는 주인이 없는 길고양이기 때문에 내가 조이를 면회하지 못하게 했어. 치료에 도움이 안 된다나. 하지만 나는 간절하게 부탁했고, 드디어 입원 이틀째 되던 날 조이를 만날 수 있었어.

조이는 내가 알던 느긋한 깍쟁이 같은 모습이 아니었어. 바른 자세로 앉아 있었지만 고개를 수그린 채 귀를 축 늘어뜨리고 있었지. 수의사는 원래 이 병에 걸리면 고양이들이 다 저렇다고 했지만, 나는 그 말을 믿지 않았어. 조이는 아프기도 했지만 자신이 버려졌다고 생각하고 있는 게 틀림없었어.

나는 조이가 들어 있는 케이지 앞에 쪼그리고 앉았어. 그러자 조이가 코를 조금 벌름거리지 뭐야. 나의 냄새를 맡은 거였어. 그리고 조이가 나를 부르기 시작했어. 나는 눈물이 날 것 같았지. 내가 대답하자 조이는 조금씩 고개를 들었어. 몰골이 엉망이었어. 나는 바닥에 주저앉아 조이를 한없이 쓰다듬고 또 쓰다듬었어.

조이는 몸을 가누지 못하면서도 자꾸 무엇인가 내게 전하고 싶어했어. 나는 간절하게 입안에서 하고 싶은 말을 녹였어. 사랑한다, 얘야. 이제 곧 건강해질 거야. 우리 같이 여기서 나가게 될 거야. 조이가 그 순간 내 말을 들은 것 같았어. 무엇인가 뜨거운 것이 움찔 하고 우리 사이를 스쳐갔어.

입원 사흘째. 자상한 간호사가 당직을 서는 날 나는 사정을 설명했지. 그리고 새벽, 아침, 정오에 면회를 허락받았어.

조이는 조금씩 낫고 있었어.

조이, 병을 이겨내다

낮에는 잠자기 좋을 만큼 해가 나다가도 밤이 되면 갑자기 추워졌어. 털을 세워야 할 만큼 한기가 들었지. 하지만 인간이 만들어준 집의 바닥은 따뜻해. 인간이 따끈따끈한 열이 나는 덩어리를 하나씩 바닥에 넣어주고, 식으면 다른 따뜻한 덩어리로 바꾸어 넣고 갔거든.

며칠 전부터 이웃 고양이들이 비상 통신을 보냈어. 위험한 병이 돌고 있으니 모두 숨어야 한다고. 그게 뭔지 아빠한테 물어볼 수 있으면 좋겠지만 이젠 다 컸으니 그런 걸 물어볼 수는 없었어. 어쨌든 무시무시한 일이 벌어지고 있는 건 확실했어. 지난달 새로 친구가 된 까망이가 춥고 배가 아프다고 하더니 결국 피를 토하고 죽어버렸어. 난 죽는 걸 보지는 못했지만, 까망이의 입 주변이 피범벅이었던 것은 봤어. 나쁜 냄새가 났지. 무조건 피해야 했어.

하지만 나도 아프게 될 줄은 몰랐어. 계속 춥고 열이 났어. 아주 많이. 하지만 우리 고양이들은 아픈 걸 내색해서는 안 되니까 나는 될 수 있는 한 움직이지 않고 조용히 낫기를 기다렸어. 감기에 걸렸을 때도 이렇게 가만히 있으면 나았으니까. 그러나 이건 감기가 아니었어. 배 속을 갈고리로 휘젓는 것 같았지. 나는 정신을 차리기 힘들었지만 문득 인간이 도와줄 수 있을 것만 같았어. 밤까지 나는 움직이지 않고 있었는데, 멀리서 인간의 냄새가 났어. 나를 찾고 있는 게 분명했지. 한 발자국도 움직일 수 없었지만 이렇게 웅크리고 있으면 정말 큰일이 날 것만 같았어. 그래서 매우 조금씩, 매우 조금씩 기어갔어.

결국 달이 하늘 한가운데 뜰 즈음 인간이 나를 찾아냈어. 지금껏 인간은 나를 한 번도 들어 올린 적이 없었는데, 그날은 나를 번쩍 드는 거야. 나는 깜짝 놀랐지. 너무나 힘이 없어서 멀리 도망갈 수도 없었어.

난 날카롭고 고약한 냄새가 나는 창살 안에 갇히고 말았어. 절망스러웠지. 인간이 도와줄 거라 생각했는데, 내가 싫어하는 개들, 또 아픈 개들이 가득한 곳에 나를 버리고 갔으니까. 나는 몹시 슬펐어. 형도 아빠도 없는데, 나는 힘도 없고 창살은 너무 촘촘해서 빠져나갈 수도 없었어. 아무것도 먹고 싶지 않았지. 먹지 않아도 배 속의 갈고리가 사정없이 긁어대고 있어서 너무 아팠으니까.

창살 안에 갇힌 첫날은 잠을 잘 수도 없었어. 맞은편에 있던 작은 개가 나를 보고 힘내지 않으면 죽을 거라고 그러더군. 자신은 다리가 부러졌지만 나으면 주인이 데려갈 거라고 하면서 말이야. 나는 뭐라 대꾸를 하고 싶었지만, 화를 내기에도 슬퍼하기에도 지친 상태였어. 얼마쯤 시간이 지났을까. 이대로 엄마 곁으로 가나 싶었지.

그때 인간이 왔어. 인간은 울고 있었어. 눈물이 흐르진 않았지만, 난 알았어. 속으로 울고 있다는 것을. 나는 울지 마, 올 거라고 생각했어, 이제 나으면 다시 놀자, 라고 말했지. 우리 고양이들은 인간의 말을 알지만 인간들은 고양이 말을 몰라.

인간은 나를 쓰다듬고 또 쓰다듬어주었어. 그리고 놀랍게도 인간이 고양이 말을 했어. 또박또박. 사랑한다, 얘야. 이제 곧 건강해질 거야. 우리 같이 여기서 나가게 될 거야.

나도 눈물이 났어.

나는 먹는 즉시 설사를 하기 때문에 밥 먹는 일이 무엇보다 힘들어. 하지만 어서 빨리 예전처럼 뛰어놀고 싶어서 인간이 가져온 밥을 모두 꼬박꼬박 잘 챙겨 먹고 있지. 나는 낫고 있어.

같은 병에 걸린 아기 고양이 포포

조이가 사라지자 포포는 우렁차게 울면서 조이와 자주 놀던 구역을 뒤졌어. 시몬과 똑같은 목소리를 가진 포포는 기온이 뚝 떨어졌음에도 소량의 밥을 먹고 찬바람을 맞으며 조이를 불러댔지. 포포에게는 가족이 중요했어. 조이는 입원 닷새째 되던 날, 거의 회복이 되었어. 이틀 후 퇴원할 수 있다는 설명을 듣고 나는 구름을 밟는 기분이었어.

콧노래를 부르며 집으로 오다가 포포의 밥집 주변에서 초록색 변을 보고 말았어. 나는 포포를 찾기 위해 집중했지. 눈과 귀 외에 더듬이가 하나 돋아난 기분이었어. 포포는 자신들이 사는 집으로 채 가지도 못한 채 길목에 쓰러져 있었어. 나는 포포를 안고 다시 병원 문을 두드렸어. 방금 전에 웃으면서 인사하며 나온 곳에 말이야.

힘을 내는 포포

어지러웠어. 그날 으슬으슬한 비가 내렸지. 며칠 동안 동생이 떠난다는 인사도 없이 안 보여서 혹시 사고를 당한 것은 아닌지 구석구석 샅샅이 찾아 다녔거든. 그런데 친구들이 모두들 멀찌감치 나를 피하는 거야. 물론 나도 내 몸에서 이상한 냄새가 나는 걸 알고 있었어. 그래서 더 늦기 전에 동생을 찾아야 했지. 그런데 동생을 찾기는커녕 나는 인간에 의해 톡 쏘는 냄새가 나는 무서운 곳에 갇히고 말았어.

내가 좋아한 인간이 왜 나를 이곳에 가두었는지 알 수가 없었지. 막 갇혔을 때는 무섭고 아팠지만, 죽을 수는 없다는 생각이 문득 드는 거야. 그래서 억지로라도 정신을 차리고 보니 희미하게 동생의 냄새가 났어. 인간의 냄새도 나고. 잠시 후 동생의 목소리가 들렸어. 마지막 힘을 내서 동생을 불렀는데, 이 녀석은 나를 못 알아봤어. 아마 내게서 나쁜 냄새가 났기 때문인 것 같았어. 나는 처음으로 절망을 느꼈어. 하지만 그때 인간은 나를 여전히 쓰다듬어주었지. 배가 끊어질 것 같았는데, 손길은 포근해서 잠깐이라도 눈을 붙일 수 있었어.

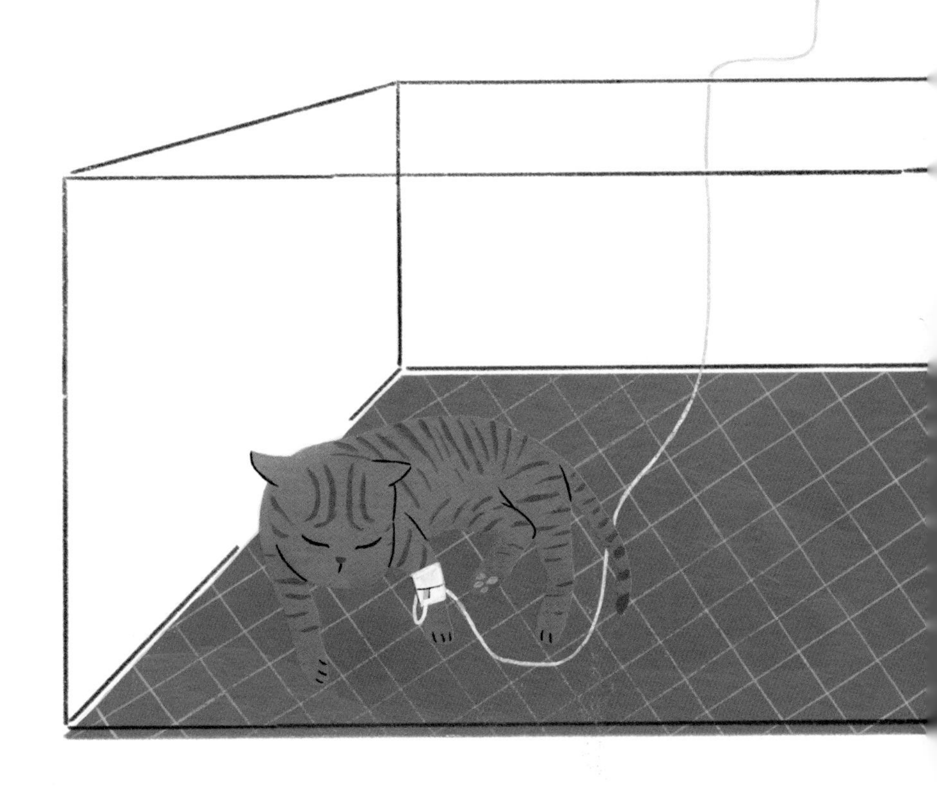

잠결에 엄마를 봤던 것 같아. 나는 엄마 얼굴을 모르지만 어쩐지 엄마라는 생각이 들었어. 그런데 잠시 후엔 아빠 얼굴이 보이더니 동생 얼굴로 바뀌고 인간 얼굴로 바뀌는 거야. 나는 누가 누구인지 구분할 수 없을 만큼 어지럽고 혼란스러웠어.

다만, 또렷했던 것은 인간의 목소리였어. 계속 내게 사랑한다고, 동생이 기다리고 있으니 어서 일어나라고 했어.

나는 배 속이 통째로 뜯겨져 나가는 것 같았어. 먹는 즉시 피가 섞인 설사를 했지만, 인간은 흔들림 없는 얼굴로 내가 음식을 다 먹을 때까지 지켜보았어. 인간은 나를 이곳에 가두었지만 매일 꼬박꼬박 찾아왔어. 언제나처럼 다정했지. 인간은 씻지 못해서 지독한 냄새가 나는 나를 정성껏 닦아주었어. 그런 인간한테서는 동생의 냄새도 났어.

나는 인간이 동생과 함께 있다는 것을 알게 됐지. 조금 있으면 인간이 올 시간이야. 나도 나가서 풀냄새를 맡으며 마음껏 날고 싶어. 나는 아프지만 이겨낼 거야.

그리웠던 가족을 찾아

조이는 입원한 지 여드레가 되는 날 퇴원했어. 퇴원하자마자 조이가 한 일은 포포를 찾아 사설 주차장을 뒤지는 거였어. 결국 어릴 적 둘이서 지내던 곳에 들어가더니 나오지 않았지. 날이 꽤 추웠지만 조이는 추위 따위는 개의치 않았어. 그곳에서 포포를 기다리고 기다렸어.

조이와 같은 병에 걸린 포포의 상태는 조이보다 위중했어. 내가 묻혀온 조이의 냄새를 맡으며 밖으로 나가고 싶어했지. 포포는 범백 병의 공식이라 할 수 있는 모든 과정을 다 밟고 있었어. 내가 할 수 있는 일이라곤 포포가 낫기를 기도하는 것밖에 없었어. 포포, 제발 이겨내자. 고양이의 세상은 살아볼 만한 거야. 겉으로는 태연한 척했지만 나는 밥을 먹다가도 포포를 생각하면 저절로 숟가락을 내려놓을 수밖에 없었어.

포포는 열사흘째 되는 날 퇴원했어. 비도 내리고 아직 식욕을 완전히 회복하지 못했지만, 나와 포포는 나가길 원했거든. 우리는 뒤도 돌아보지 않고 병원을 빠져나왔어.

집에 왔을 때 조이는 없었지. 내가 도시락을 펼치자 포포는 딱 두 입 먹고 바로 조이를 찾아 나섰어.

포포가 달려가는 뒷모습을 보고 있던 나는 꼬마들 집의 바닥이 따끈따끈한지 확인했어. 이만하면 오늘 둘이 포근하게 잘 수 있겠다는 생각이 들면서, 나는 둘이 만나는 모습을 상상했지. 포포의 목소리가 길게 들렸어.

포포는 언제나 자신이 귀환하고 있음을 우리에게 알렸어. 우렁찬 목소리로. 허공에 걸쳐진 고양이 길을 보여주며. 조이는 항상 같은 자리에 앉아 포포가 오기를 기다려. 포포의 목소리를 듣는 순간 집에서 뛰쳐나가 귀를 뾰족하게 세운 채 바른 자세를 하고 포포를 기다리는 거야. 이번에도 둘은 서로 코를 맞대고 냄새를 맡으며 꼬리를 들면서 기쁨을 나눌 거야. 그리고 내가 잠든 사이 이곳으로 돌아와 곤히 잠들 거야.

겨울이 그렇게 시작되었지. 나는 꼬마들의 집을 따뜻하게 덥혀놓고 시몬에게 밥을 가져다줄 때는 손을 소독하고 새 옷으로 갈아입었어.

4부

아빠 고양이 시몬과 인간 친구의 우정

아빠 고양이가 시몬이란 이름을 갖게 된 것은 장마가 막 끝난 직후였어. 사실 시몬과 나는 따로 이름을 부르지 않아도 서로를 찾을 수 있었어. 시몬과 나는 늘 있었던 장소에 늘 같은 시간에 있었으니까. 우리는 예상하지 못한 곳에서 만났어도 시몬은 냄새로 나를 알아봤어.

장마는 줄기차게 지속되었지만 끝나는 것은 깔끔했지. 날이 맑아지자 밥도 꼬박꼬박 잘 사라졌고. 하지만 며칠 동안 시몬의 모습이 보이지 않는 거야. 그날 햇살이 따가웠지만 나는 필로티에 앉아 오후를 흘려보내고 있었지. 오후 네 시구나. 불현듯 시계를 확인하듯 길을 쳐다보았어.

아무런 소리도 내지 않은 채 시몬이 내게 오고 있었지. 아니, 와 있었어. 시몬은 가까이 다가와 잠시 누웠다가 자리를 바꿔 다시 눕더라고. 나는 시몬의 뒷발바닥을 보았지. 길고 선명한 줄 하나가 죽 그어져 있었어. 시몬은 내가 만지는 것을 거부했어. 나를 한 번 쳐다보더니 되돌아갔지. 시몬은 다리를 절고 있었어. 아마 시몬한테 받은 두 번째로 큰 충격일 거야.

나는 시몬을 따라가지 않는 대신 고양이 길을 뒤졌어. 명백한 증거가 금방 드러났지. 시몬이 다니는 길에 다섯 병 이상 될 만큼의 깨진 술병 조각이 수북했어. 나는 병원을 찾아갔지. 수의사는 곤란한 표정을 지으면서도 약을 주었어. 진료 기록을 남겨야 하는데요, 이름이 뭔가요?

우리는 이름을 부르지 않아도 서로를 찾아냈지만 사람에게 설명하려면 어쩔 수 없이 이름이 필요했어. 시몬. 시몬이라고 해주세요. 나는 약을 들고 뛰었어. 시몬은 보금자리에서 나를 기다리고 있었어.

그렇게 계절은 진해졌다가 옅어지면서 다른 계절로 넘어갔지. 이제 발이 다 나은 시몬은 한적한 나무 밑에서 조용히 쉬고 나도 그 곁에서 편안하게 쉬고 있어. 도시는 뒤죽박죽 종일 텁텁함으로 가득 차 있고, 정적이 자리를 잡으려는 순간 다시 소음이 이어지는 곳이야. 그래서 시몬은 발을 편히 뻗고 눈을 감고 있어도 귀는 바짝 세우고 있어. 시몬은 낙엽에 눈을 떴다가도 이내 평온한 표정이야. 나는 이 순간을 사랑해. 그리고 여전히 시몬이라고 부르지 않아. 우리는 서로 뺨을 맞대고 문지르며 눈을 감고 서로의 코와 코를 마주 대며 인사해. 그것으로 충분해.

아빠 고양이의 작별인사

아가야, 오늘 밤부터 아빠는 돌아오지 않을 거야. 그러니까 아빠가 하는 말을 절대 잊으면 안 돼. 알겠지? 오늘부터 아가는 조금씩 너의 땅을 찾아서 걸어야 해. 훌륭한 고양이라면 고양이가 다니는 길로 간단다. 아빠랑 걸었던 길을 기억하지? 너의 멋진 수염과 튼튼한 다리와 자랑스러운 꼬리가 안전한 곳으로 안내해줄 거야.

우리 고양이들은 높이 솟은 곳으로 다녀야 한단다. 태양이 막 기울었을 때 오늘의 사냥터를 제일 먼저 알아차릴 만한 곳으로 말이야. 그런 곳에서는 인간들을 내려다볼 수 있지. 인간들은 변덕스럽고 제멋대로이지만 다행히 우리의 길을 아주 많이 만들어놨어. 우리 고양이의 길은 혼자 다니는 길이지만 서로 이어져 있고 곳곳에서 구부러지면서 모든 고양이의 소식을 전해준단다.

이제 너의 땅을 찾아 나서며 만나는 새 친구들에게 상냥하게 인사하렴. 하지만 인간들은 잘 지켜봐야 해. 인간들은 고양이 길을 칸막이 삼아 자신들의 영역을 정했어. 인간들은 영역을 아주 독특하게 만든단다. 길을 사이에 두고 서로 커다란, 아주 커다란 돌집을 만든 다음 그 속에 들어가 살지. 아무리 궁금해도 그 안을 기웃거려선 안 돼. 그들은 돌집의 겨드랑이와 등을 서로의 코앞에 바짝 붙여서 만들어놓았기 때문에 늘 짜증내고 으르렁거린단다. 우리 고양이들처럼 누구의 땅도 아닌 곳을 사이에 두고 평화롭게 살지 못해.

아가야, 너는 길을 따라 어느 곳으로 갈지 결정하기만 하면 돼. 냄새를 맡아보렴. 길의 오른쪽에 있는 인간과 왼쪽에 있는 인간 중 어느 쪽이 너에게 상냥할지 알게 될 거야. 하지만 인간이 손에 긴 막대기를 들고 있다면 절대로 가까이 가지 마. 그리고 빵부스러기를 던져주는 인간에게도 가까이 가면 안 돼. 그런 인간들은 결국 너에게 상처만 준단다. 만약 친절한 인간을 만났다 하더라도 무작정 따라가면 안 돼. 오랫동안 관찰하렴. 우린 기다리는 것을 잘하지만 인간들은 조급하고 어리석고 우유부단해서 자신들이 무엇을

해야 할지 알지 못하지. 그럴 때는 네가 가르쳐주렴. 네가 상냥한 인간을 빨리 만나지 못해도 실망하지 말렴. 너는 사냥도 할 수 있으니까.

이제 너 혼자서 몸이 덜덜 떨리는 바람과 스르르 사라지면서 발을 시리게 하는 하얀 눈 조각들을 만나야 한단다. 저 높은 곳에서 끝없이 내려오는 빗줄기도 만나게 될 거야. 어쩌면 고약한 이웃이 생길지도 모르겠구나. 그래서 너 혼자 몸을 쉴 만한 곳을 찾아야 해.

그리고 별이 우리의 길에 가득 내려앉는 시간이 되면 너의 땅 가장 높은 곳에 올라 멀리, 아주 먼 곳까지 바라보렴. 안개를 헤치고 떠오르는 섬처럼 고양이들이 우뚝우뚝 나타나 막 왕국을 세운 너를 축복해줄 거야. 너는 거기서 너의 꿈과 우리 고양이들의 우주를 볼 수 있을 거야. 너의 땅을 찾아서 너무 멀리 가지는 말렴. 네가 하루 동안 다 돌아볼 수 있을 만큼만, 딱 그만큼만 너의 땅으로 만들어야 한단다.

울지 마, 아가야. 진정한 고양이들이 살아가는 법이란다. 하지만 아빠는 멀리 가진 않을 거야. 언제나처럼 우린 자주 만날 수 있을 거란다. 사랑한다, 아가야.

사람의 규칙

"아줌마! 또 시작이구나."

나는 웃으며 인사를 했지.

"아줌마가 밥 주는 거요?"

나는 조심스럽게 꼬마 고양이들 앞에 서서 아이들을 가렸어.

"밥 좀 주지 마쇼. 저놈들이 여기다 똥을 싸대서 똥냄새 천지요. 왜 남에게 피해를 주는 거요?"

나는 더 잘 치우겠다고 머리를 숙였어. 그래도 사설 주차장 관리아저씨의 목소리는 점점 커졌지. 동네 사람들이 슬슬 구경을 하는 게 보였어. 옛날 같았으면 난 많이 부끄러웠을 거야. 하지만 이젠 아니야. 내가 지켜야 할 게 생겼거든.

나는 다시 한 번 인사를 하고 꼬마 고양이들에게 신호를 보냈어. 꼬마 고양이들은 나를 따라 졸졸 자기들의 집으로 갔지. 집이라고 해도 사람들이 잘 다니지 않는 공터의 한쪽 구석에 놓인 종이집일 뿐이지만. 나는 혹시나 하는 마음에 슬쩍 뒤를 돌아보았는데, 아무도 보이지 않았어. 하지만 관리 아저씨가 떠드는 소리는 여전했지.

나는 아저씨의 말이 귓가에 붙어 있는 것만 같아 귀를 털었어. 꼬마들도 내 앞에 앉아 뒷발로 귀를 털었어.

"사방이 고양이 천지예요."

"시끄러워서 잠을 못 자요."

"그렇게 예쁘면 집에 데려가 키우든지."

이런 말들을 제일 많이 들었어. 나는 항상 공손하게 인사를 해. 그러면 대부분 더 이상 이야기를 하지 않아. 물론 흘겨보기는 하지만. 고양이에 대한 사람들의 생각은 매우 완고해서 쉽게 바뀌지 않는다는 걸 잘 알아.

그래서 고양이에 대한 내 원칙도 쉽고 단순하게 만들었지. 밥과 똥. 그것뿐이야. 내가 양보하지 않는 것처럼 그들도 양보하지 않아. 자신에게 해가 되면 바로 돌변하는 것이 사람이거든. 고양이들이 방어적으로 발톱을 세우는 것과 똑같아. 하지만 공격당하지 않는다는 것을 알면 주먹 대신 펼쳐진 손을 내밀 줄 아는 것도 사람이야. 밥을 줘도 쉭쉭 경계하다가 어느 순간 다리에 몸을 비비며 가르랑거리는 고양이와 다르지 않아.

나는 꼬마 고양이들 덕분에 사람들을 피하지 않게 되었어. 집을 지키고 조용하게 타협할 영역을 늘리는 법을 터득한 것은 순전히 이 친구들 덕분이지. 매일 자정이 지나면 나는 꽃삽을 들고 고양이들이 싼 똥을 치워. 모래를 뒤적이고 있으면 꼬마들은 그 옆에 또 싸기도 해. 비가 내리는 늦가을답게 스산했지만 나는 추운 줄 몰랐어. 꼬마들은 서로 이마와 뺨을 마주 대고 쌔근쌔근 자고 있었지. 아빠 고양이는 기척도 없이 다가와 고양이들을 들여다보았어.

평화가 거기 있었어.

겨울바람에게 자리를 내주다

이제 나도 떠날 때가 되었어. 내가 다음에 왔을 때 어린 고양이들이 훌륭한 아빠들이 되었을지 궁금해. 그랬으면 좋겠어. 어린 고양이들은 아빠 고양이와 인간 친구 사이에 적당한 곳을 골라 집을 마련했어. 난 오늘 작별 인사를 할 것 같아. 차가운 동생이 바람 정거장에 다 왔거든. 다행히 어린 고양이들도 이제 제법 어른스러워졌어. 털도 모두 두툼한 것으로 갈아입었고. 그걸 보고 떠나서 마음이 놓여.

빛나는 나의 고양이들아, 다시 만나.

보고 싶은 포포에게

포포는 나를 배웅하고, 나와 외출하는 걸 좋아했어. 아빠 고양이 시몬처럼. 아침이면 나와 함께 외출할 모든 준비를 마치고 기다리고 있었지. 영리한 포포는 더 이상 따라와서는 안 되는 곳을 잘 알고 있었어. 그리고 밤이면 나를 마중 나왔지. 내가 돌아올 때쯤 항상 같은 장소에 있다가 함께 집으로 돌아왔어. 포포는 낮 동안 여기저기 탐색을 했던 것 같아. 그리고 어딘가 자신만의 장소를 만들고 있었어. 계절이 바뀌어 추워졌는데도 포포는 사흘쯤 돌아오지 않았거든. 돌아와서도 이틀만 조이와 종일 함께 지내고, 나머지 시간에는 밤에만 같이 있었어.

하지만 포포를 떠올리면 돌멩이 하나가 가슴에 들어 있는 것 같아. 지금 여기 없기 때문이야. 생사도 확인되지 않았어. 한 달 내내 동네를 찾아 다녔지만 포포는 없었어. 포포가 졸려 하는 모습은 영원이라는 말이 어울렸어. 화창한 봄날과 팔랑이는 나비가 떠올랐지.

포포는 떠나기 전날 깃털 장난감을 물고 와 내 손 아래 얌전히 내려놓았어. 늘 그랬던 것처럼 담 아래, 출발 준비를 하고 앉아 있었지. 그것이 마지막이었어. 나는 깃털 장난감 대신 포포가 좋아하는 공을 주지 못했어. 만일 내가 공을 주었다면 포포는 떠나기 전날 신나게 놀 수 있었을지도 몰라. 어린이날이었어. 내게 장난감을 얌전히 돌려주었을 때, 포포는 이제 나는 더 이상 아기가 아니에요, 라고 말하는 것 같았어. 난 무엇을 어떻게 해야 할지 몰랐지. 작별인 줄도 모르고 쓰다듬어주었던 게 전부였어. 그래서 아직도 가슴 한구석이 저릿해.

꼬마들의 집을 찾아가면 포포는 나를 보고 냥 냥 냥, 맑게 울었어. 포포의 목소리는 공명을 일으켰어. 듣고 있으면 나도 하늘에 떠 있는 느낌이 들었거든. 포포는 황금빛 털을 빛내며 자고 있는 조이를 깨운 다음 힘을 꽉 주고 꼬리를 세운 채 다가와 내게 몸을 비볐지.

시몬은 내게 지상의 길을 알려주었지만, 포포는 허공의 길을 보여주었어.

나는 포포가 병원에 입원했을 때처럼 기도하고 있어. 제발 살아주렴. 고양이의 생은 살아볼 만해. 그래서 포포, 너의 아빠가 그랬던 것처럼 이제 너의 아가를 데리고 오렴. 기다릴게. 사랑해, 포포. 조이와 나는 너를 기다리고 있어.

작가의 말

이 책은 저와 함께했던 고양이 가족의 실제 이야기가 바탕입니다.
포포가 떠난 후 몇 차례 고양이 가족에게 어려움이 찾아왔습니다.
사람이 자신의 입장만 고집하다 보니 생긴 일이었습니다.
고양이들은 가장 고양이답게 어려움을 이겨냈습니다.
그리고 시몬은 마음씨 좋은 아주머니에게 입양이 되었습니다.
조이는 포포가 떠난 것을 받아들인 후 어린 친구를 새로 사귀었습니다.
어린 고양이 친구는 외모도 성격도 포포를 많이 닮았습니다.
조이는 지금 저와 함께 지냅니다.
조이는 시몬과 포포가 보여주지 않은 집고양이의 길을 알려주고 있습니다.
포포의 소식을 알 수 없게 된 것도,
고양이 가족이 함께 지낼 수 없게 된 것도 아쉽지만,
이후의 시몬과 조이의 삶은 여전히 도전적이고 아름답습니다.
힘들지만, 단 한 번뿐인 일들이니까요.

고양이를 응원해

1판 1쇄 발행 2018년 11월 30일

지은이 곽은영
그린이 최청운
펴낸이 윤혜준
편집장 구본근
고 문 손달진

펴낸곳 도서출판 폭스코너
출판등록 제2015-000059호(2015년 3월 11일)
주소 서울시 마포구 월드컵북로 400 문화콘텐츠센터 5층 15호 (우03925)
전화 02-3291-3397 팩스 02-3291-3338
이메일 foxcorner15@naver.com
페이스북 www.facebook.com/foxcorner15

종이 광명지업(주) 인쇄 수이북스 제본 국일문화사

ISBN 979-11-87514-20-6 03810

• 이 도서의 국립중앙도서관 출판예정도서목록(CIP)은 서지정보유통지원시스템 홈페이지(http://seoji.nl.go.kr)와 국가자료공동목록시스템(http://www.nl.go.kr/kolisnet)에서 이용하실 수 있습니다.(CIP제어번호: CIP2018036231)